よく聞きなさい、すぐにここを出るのです。

藤井貞和

思潮社

目次

＊

＊＊

＊＊＊

よく聞きなさい、すぐにここを出るのです。

装幀　中島浩

*

火　三篇

1

「よく聞きなさい、すぐにここを出るのです。……」

アル・イオト〈火の神霊〉が去っていった日のことを思い出そう。最初は知らなかったのです。　すべて生のまま食し、寒気のためにひどく苦しんでいたころ、いかなる善の神々も、石から火を得ることを教えてくれませんでした。

アル・イオトの火は、石と石とをたたき合わすだけだし、枯れ枝を燃え上がらせても、さいわいに雨が降って消すことを教えます。どんな捧げ物も最初、火に捧げるのでした。　こうしてわれわれは、火を知るのです。　食物の一掬いをアル・イオトに捧げるのでした。

マークと呼ばれる人が、義父のところへ行く途中、ワシリーを訪ねます。　まれびと〈客人〉はたいせつにしなければなりません。

おどろいたことに、女主人は鍋から一掬いを火に注《そそ》がなかったのです！

マークは自分のために出されたテーブルの上のカップからそっと、一掬いを火に注ぎました。


夜中、マークは目を覚まします。　弱い　けぶったような光の向こう、炉のかたわらに痩せた男の子がすわっています。

こうつぶやくのです、「ぼくは、ここで痩せてしまった。　だれも、食べものをくれないのだ。　いつもおなかをすかせている。

麦のおかゆをくれたのはあなたが初めてだ。　これに対して、お礼をしますよ。　よく聞きなさい、すぐにここを出るのです。

見ていなさい、何かが起きるから！」

マークは身震いして、主人に挨拶もせずにそとへ出ました。　振り返ると、
ワシリーの小屋はほのおに包まれていたのです。

（少数民族ヤクートの神話より。）

2　「隣国に走り火さすな」

（すこしまえの夢）

歌人、与謝野晶子が、「隣国に走り火さすな……」という短歌を、
私の耳元に押しつけてくる。　「……鎮まれと山を拝《をろが》む
山禰宜《ねぎ》たちよ」と続く、その短歌はとわに溶けることのない
凍る暁の夢になった。　眠りの氷が「魔よ、覚めるな」と命じた。

詩人も　歌人も　そのようにして、

われわれのもとから去ってゆくのです。　おぼえていますか。
その古い、さいごに語る神話を終える。

（続く夢）

にわ〈土間〉のかまど（竈）を壊す。　さいごに、鍋の小豆《あずき》を掬って、
大きなぼたもちに作ったと。　もう地面が、
液状になり、人類のあしたは知られず、
祈りを捧げることを忘れ、ほんのすこしのま、ほんのすこしのま、
ことばの継ぎ目で火の神は語る。　土間の神に告げる、「よく聞きなさい、
すぐにここを出るのです。　見ていなさい、何かが起きるから！」

ことばの継ぎ目に、まだのこされたことばがあるなんて、
さいごに語る神話が、隣国からやってくる。
その古い神話は終る。　土間の神は去り、鍋が割られる。　スープのすこしを、
地面へこぼすと、もう地面はひらかれることがない。　終る小豆の語り草。

知らない人が集まり、祈りを忘れる。その少年に、かまどが、終ることばを教える。でも、それは、火の神の遺言でした。「よく聞きなさい、すぐにここを、出るのです。見ていなさい、きっと起きるから!」

(暁の夢)

会いにゆくと、透谷さん(北村)は土車にもう載せられて、墓原に据えられていた。「あなたは一国家を、叙事詩のなかに沈ませる巫覡《ふげき》になります」と、書いてよこすと、琵琶の暁の調べで数千の白い人々とともに、いなくなる。

眠りとは氷の一粒で溶けるはずのちいさな技術です。そう書きました。会いにゆくと、透谷は、土車に載せられて、墓原からいなくなります。あなたもまた、一国家を叙事詩のなかに沈ませる巫覡になると書いて、

「山禰宜よ、琵琶の暁の調べで数千の白い人々のかげとともにいなくなる。
巫女よ、見捨てないでください」と。　それでも祈りますか。
と、そこからは途切れる明け方です。

3　小さな火

a　「純」という名前

純水のなかに、小さな火が見える。
あれは妹だ、と友人は言う、電話のむこうで。
友人はそう言って、泣き声である。
どうして明るく、そのあたりが見えるのだろう、
小さな火になって、と思いながら。

妹の姿がわたしにも見えるのは、
わたしの「心」のせいだ、わたしの問題。
「純」という題名の詩をのこしたのは、
友人だったかもしれない、友人の問題。

冷たい火が燃えている、純水のなかで。
なぜ人は詩を書くのでしょう。　それは、
ただ、自分のなかでバランスを取りたかったから、
と、友人はそう応えました。　妹の名前を「純」と言います。

b　小さな火、きょうも

「もはや聞こえるのは全住民の泣く声だけ」と、
友人は書いた。　もはや聞こえるのは、
全住民の泣く声だけ。　一九八〇年代がそのようにして暮れ、

最古の学校は閉じられる。　最古の学校の、
石段をのぼる砂嵐には名前が消され、
あなたはそれでも告げる、ノートをちぎって、机のような石塔のかげで、
いま書きつけている小さな火でも詩だってこと。
太古からの煙がにじむあなたの初恋のようなアジアです。
枯れ葉のような肩また肩。　少年は思い出す、あの肩の一つ一つが、
わたしであり、あなたであると。
それから書いたよな、全身をこめて、
でも一つだけ知らないこと。　滅ぶ時に、
それでも小さな火を捧げる時間があるかどうか、です。　どうか、
小さな火を捧げます、時間よ許せ。

金メダルをメキシコ湾の湖へ沈める

湖の底には、むかしの親たちの墓の村があってよ、
わしら運転手のはこぶ、移転の通知には、
墓ごとに宛て名が書かれおる、それを、
ゆらゆら、藻のかたちして出てくる腕二本へわたすのや。
そのとき、ぎゅっと腹をにぎってくるのが不快で、
ふと気をとられたら、もう、わしらは霧のなかよ、
ちりぢりになる、わしらのタクシーが湖に残骸をさらしてよ、
日にあびるボデーのかがやきには思わず感心しちまうほどよ。

町の、な、蟻の巣から出て湖上に走り続けて、

わしらの抽選付きの乗車カードで銅メダルでも銀メダルでも買えるんやから。
なつかしいパンのかたちのそいつと思ってくれていい、
わしらの言い伝えでは魂状の丸いかたちとも称しているわ。
遠い少数のともだちに宛ててはがきに歌を記すわ、
死んだばあさんに呼びかけてよ、
ぎゅっと腹をにぎってくる手の世間話や、
湖にはすきまがあって、身体がものとものとの「あいだ」にこすられて、
わからんうちにしばられるという話をして、
きみらに聴かせる、散るタクシーの歌。

聴きながらでよい、何が移転とそのまえとによってわしらの残骸に、
わずかな変化がこもるかということ、
いとおしさの心のちがいが生じるかということよ。
火は蟻のかたちをしていて、こっちが巣から覗くまぶしい朝日に思う、
優勝はきみのためにある、むかしの金メダルの伝説はほんとうで、
きらりと光るそいつが水にゆれて沈みながら、

叫んだという話。　さあもう行くで、
わしらのタクシーは湖を一回りして来にゃ稼ぎにならん。

観光客を、わしらのしごとは湖へ案内するんや。
夕陽が出払って、朝日を待たないで、深夜の太陽がな、
あの岬からのぼる。　祈りを忘れたら、あかん。
祈りのことばは教えられん。　でもな、教えたる。　あんたは、
研究のために、こんな地球の裏にまで、やってきたんやから。　研究して、
研究して、研究して、それでも足りなかったら祈れ。
滅んでも、滅んでも、滅んでも、隕石の一つを持って帰れ。
わしらの一九六四年の、東京でな、あの隕石が金メダルや、
キラキラしてる。　一九七二年の虐殺で、わしらの故郷はもうないんや。
おぼえてる神話はないで。　無事にお帰り。

叙事詩と民族との関係

過ぎていった遠い日に
その地名をわたしは通ったことがある……
かりに火箭野《ひや》としておこう
（翻訳書だったので
　そんな場所だったような気がする〈いまでは〉）

ほのおの降るような
その火祀りの場所を
しかし、ときが過ぎてゆくと
忘れてしまう

（書物のはずなのに現実感がうわまわる）

野の暮れの淋しさを
けわしくのぼる
榛《はり》の斜面に
うつろをひらくちから
地下へ降りるとびら
（そんな狭い谷間での凄惨なだましうち）

一口承文学研究者の
追悼のニュースが
北アメリカの民族学の雑誌に記載される
遺愛の？　弾く琴が横たえられ
野原にぬぐう拒否の音楽を
火の採譜に投げいれる
葬列を受けいれよう、少数民族の

遠い世からのしきたりによって
一口承文学研究者のひつぎは
尊い湖のみずに帰る
（この世の敷居からお別れする）

ほのおに包まれるあなたの弾く絃を見る
それが熱くないはずはなかろう、火のいきおいで
琴柱《ことじ》が倒れ、少数者になる
世界の口頭に火の汚物を垂らし
もう事実はないし
ない事実の年代記をのこす
（採譜にのこる無力は受け渡されるか）

贈ろう、叙事詩を
蠟管から呼びかける響きであり続けること
世界の片隅の

われわれの胸の火箭にうたれよ、わたし
蠟管が詩を吐く、無いしるしと
民族の否認とにかかわる演算
あなたが遺した詩には詩の行がない
こうして、狼族の研究の終りに
狼族の子供の手で
詩集に生まれ変わりますように

神の誘い子（物語の始まり）

炎天に、ふと揺られて、
神の誘い子になる、その子。
どこに往っちまったんだろう、
くまなく捜したよ、
物語のなか、季語のそと。
いつか出会う、夏の物語と、
夏の終りの物語。
人間のシンポジウムが終り、
忌日は過ぎる、季節をのこして、
その幼い脱け殻になる思い出。

いつか出会う琴のねに、
野の花が結晶するねいろ。
苦しむことなくて迎えよう、
たどりつくわたしたちの教会で、
句を脱ぎ、物語を迎える、
それがさいごの挙式です。

わたしの炎天忌（わたしの季語）に一句、
また一句。　容れものに遺した祈りは、
あなたの天使が祈るきょう。
あなたの野の花忌（あなたの季語）は、
神の誘い子を弔う、苦しむことがなかったと告げる。
狭い門を越えて、あかりをめざして、
それがわれらの物語でしたと、終生という旅でしたと。

楽器は何にしよう、南島の琴と、

水成岩の壁とを叩いて、
花瓣のような音や、
したたる自然水銀の重い音でした。
すべては、若かったわれらの旅であり、
布目ごとに虹が洗う、
ゆうぐれのひと時でした。

岩のうえで待つあなたのあした、
ごとごとと奏でる時と時とのあいだで、
歳月は楽器です。　騒音のする、
句がかたちを見せて、
あら石の旅は短詩型です。
寄せ木の琴に、わたしたちの誘い子は、
音を誘われるのです。

いいえ、戸板に載せて、

捨てられるのです。　虹の根を探して、
沈みから立つ虹でしたね、
葉陰から立つ鶸に、
名を呼ばれて旅人は、
それでも記憶する、
わたしたちの物語。　それが、
生涯でしたか。　いいえ、
樹にさがり、身は白龍になる、
なって天下にふりそそぐ、
炎天に眠らせろ、天の涙と荒れる心と。

ゴッタンを奏でる、
りゅうぐうに届くねいろに、
学校のあかりに、
祈る拝所に、
わたしたちの教会に。

潮の薫りがして、踊りははげしく、
ここにいて、できないことに、
どこにいても、できないことに、
ウニ、くらげの国、りゅうぐうの旅に、
旅で出会う海のほおずきに、
海のねいろにきっと出会える。

＊＊

糸の遊び

第一の糸は語る、
第二の糸は歌う、
第三の糸は弾く、
闌声〈らんじょう〉とは、わざにたけて、
かたちをやぶる　という、ある種の境地を言うそうです。
乱声〈らんじょう〉にも通じます。
糸の遊びにふりゅうの庭がひらかれ、
乱声、乱声と、その戸をたたく精霊のうごきが、
きょうの音をつたえます。
玉手箱に、三絃の縁が、

そっとつたわるあなたの和のなかまです。
年齢は不問で、好奇心があり、
ジャンルにこだわらず、
笙の遊びや、
箏の遊びや、
太棹の遊びや、
打ち物の遊び、
一絃琴の遊び、
それから詩人のみなに、いま詩の声が聴かれますかと、
高田さんがそう問いかけています。
高橋悠治をかこむ、
糸と歌とのひとときです。

（高田和子の十一回忌、十年の歳月に。）

錫の歌

Tin.　きみは源流へ、暗灰白色の自然錫を、
Tin.　探しにゆく。　イリドスミンのともだちで、
Tin.　金の隣、白金のうしろ、自然錫。
Tin.　錫石、鋼玉とともに産する。　きらり、
Tin.　きみの山師がうたう、錫。　きらりと、
Tin.　三十年、探し続けたおまえ。
Tin.　坑内に山師のかばねはうたう、「ここだよ、
Tin.　自然は錫を隠す。　そこにしかない、
Tin.　New South Wales の源流で。　ここだよ」。
Tin.　産業革命にも、打ち壊しにも、

Tin. 生き延びて、ここだよ。　答える、
Tin. 錫。　母岩が教える錫のうた、聞こえ、
Tin. 貧金属のかばね、β錫。　泣くよ、
Tin. あかつちのなか、浮く錫のいろ。
Tin. 峠の鉱山。　波動が山師を打ち据える。
Tin. 病名からも生き伸び、黒い谷には、
Tin. もうだれも吸い寄せられない。　危険な、
Tin. 空笑を、せせらぎに聴く。
Tin. 林道を逸れて過つ稜線の暗部に、
Tin. 山師は斃れたな。　腐った僧衣や、
Tin. 錫杖の起源だ、この物語は。
Tin. 民俗学者よ、語れ。　聖なる盃にひそむ蛇は、
Tin. 冬を越えて衰弱する。　ほそながい紐になり、
Tin. きみの杖に棲むという物語。　鈴は、
Tin. 錫じゃなかったのかい。　ヒースの荒地に、
Tin. 鉱毒を垂らした神話の牛の群れ。

Tin.　白亜の壁にうた湧く。　そらに北欧の雲、
Tin.　極地の微光、凍土の泥炭、ペスト。
Tin.　それが歴史じゃなかったのか、と問う。
Tin.　三月の見えない敵に太陽を。
Tin.　詩の文法に終りを。　地球はわずかな生存のために、
Tin.　植物のあとから。
Tin.　錫は歩む、動物の死滅を履歴する。
Tin.　石油を噴き上げる盆地のはんぶん。
Tin.　魔法数をかぞえる、いまは苦しい、
Tin.　地底の椀に盛ろう。　僧衣をしぼって、
Tin.　血とパン、イリドスミンのすこし、
Tin.　金の枝の結晶をもぎとるちから。
Tin.　絞め木にのこる中世の伝説を、
Tin.　染みこませた赤いアスファルト。
Tin.　溶かし込む数珠。　錫のつばさの、
Tin.　切片で玉にする数珠の、いまは苦しいな。

Tin.　山師のうめきが地下で終る。
Tin.　よし、聴く終りに耳を澄ませば、
Tin.　あれ、鈴の歌。　　聞こえるか
Tin.

（自然錫は世界にあるのだと輓近鉱物辞典〈木下亀城〉が言う。Tin. は錫。）

桃原さんの石

桃原《とうばる》さん（邑子）の歌集のなか、

　眼球に灸するゑ、
　徴兵拒否をせし青年《ニーセー》の家に、
石を投げけるわれ、十二歳

という一首があります。　桃原さんの投げた石は、宙をまよって、まだ降りてきません。

桃原さんは十二歳の夏（大正十二年）、自作歌を持って、

釋迢空（折口信夫）を訪ねたそうです。その、
小さな歌も、もう降りてきません。

赤い土が火風《ヒーカジ》になる、沖縄です。私は以前に、
本部半島のユタ（巫女です。）に、疲労困憊のとき、
お会いしたことがあります。この人もまた歌人でした。

沖縄の土に、
二十万の骨が、
どこを掘ってもね、
はいってるの

と、琉歌のような唱えごとのなかに、
火風を私は感じました。

歌人は何年もかけて島内をめぐり、祈ります。

そういうユタに聖地で私は、
いくたりか見かけただけですが、
南部戦跡では、
そっと石を置きました。　赤い土のうえに。

桃原さんにこんな歌もあります。

　基地撤去は芋と裸足に戻ること、
　演説せしアンガー弁務官よ　ＯＫです

歌集『沖縄』〈二〇一八〉の新装版が出たと聞いて、
「今度こそは」と私は手に入れました。
本部半島でお会いした巫女と、桃原さんとは、
むろん関係ありません。　新装版にはMomohara Yukoとあります。

あなたは——むやみやたらに咲き続く

万葉集から、いらつめ〈郎女〉の秀歌を、
あなたは書き出します。

まつのはな、花かずにしも
わがせこが、おもへらなくに、
もとなさきつつ（松の花、
花かずにしも、わが背子が、
思へらなくに、もとな
咲きつつ）

松の花は、花のかずにはいるのかしら、
花のかずにも。

わたしの背の君は、松の花ほどにも、
わたしを思ってくれない。

わたしはね、むやみやたらに咲き続く、
いつまでも待つ（松）の花。

と。　あなたは十四歳。　万葉集から見つけて、
この秀歌を書き出しました。　夕日あかあか。
なぜ、この歌にあなたは立ち止まるのでしょう。
万葉は四千五百首をかかえている、
世界有数のアンソロジーなのですよ。
いちいち立ち止まってはいけない。

すこし暮れそうな空になると、
ぱたっと閉じて、あなたはあなたの時間へ、
帰らなければならない。　歌集から離れて。

いらつめの恋うたは、
花かずの一つでしかないのですよ。
むかしの少女の物語なのですよ。
あなたはあなたの、世界への恋うたに、
心を尽くさなければならない。

（巻十七、三九四二歌。折口信夫によると、〈この松の花の譬喩は、当時の譬喩としては破天荒のものであったのだろう。佳作〉とする。おそらく佳作を越える平群女郎《へぐりのいらつめ》の傑作です。）

学校、後ろ戸、短歌

現れて、またひとり佇つ。　岩陰に、ゆくところのないわたしの歌人

岩陰を出て、見うしなう歌びとの後ろ、ふりかえっては　いけない、そこは

蹲るわたしの歌人。　後ろ戸をとざしたあとの幽暗のなか

ちからなく後ろに〈うた〉を見うしなう。　岩陰にひらかれる準備室から

どこかで遊ぶ広場や、河川のわきに、もう日の暮れの、帰らないきみ

岩陰の学習室に、ものの〈声〉。　聞き分けられる音の千切れて

岩陰に叫ぶ教員。　砕かれた音楽室を包む包帯

もうだれも　霧消のかげに。　後ろ戸が手招きをする指のふしくれ

引き裂かれている、ばらばら。　教室の学習づくえ、折り重なって

海蝕は　岩陰に来て突き進む。　歌人の〈うた〉へさしかかる講義

ことば数、かすかにのこし、きみ待てば、うしなう数も　明かりのひとつ
岩陰の手が招く、「うしろの正面」に。　子供の声の消失点で
砕かれて破片の〈うた〉の湧き起こる。　夕日、終らない講読のなか
校舎より夕日あかあか、ものの去る。　偽足のようなかげをのこして
いわくらにかげをのこして、夕あかり。　いまし　はかなく終る現国
火を迎え、天空に飛ぶ夜の灰。〈うた〉へ講義がさしかかるとき
小声して「うしろの正面」。〈うた〉声が後ろ戸に倚る。　ひらき加減に
短歌誌の歳月のあとをとじながら、とじられないきみの白鳥の〈うた〉
秘めやかに黒い翁のひとさしに、仮面のうらを炸裂させて
十年の歳月、岩陰に佇つ青年。　海蝕すすむ青白い砂岩

炉芯をだきしめよ、わたしのおさな神。　声の湧くかたに向く海の針
じょうもんの人々の骨。　メモリーをさしこむ指にまつわりついて
USB、うち捨てられる。　海底の卒業式ができなくなっても
無人《ウーティス》の卒業式辞。　先生が代読をする、とぎれとぎれに

ふと〈火やろう〉に聞こえて、笛のねのヒヤロウ、かみくらの夜に
踊り手がおもてを隠す。　またひとり花壇のそとで埋葬される
天空に窓あり。　ひらひら舞い落ちて、いちまいの詩が紙くずになる
鳥船が降りてきた。　詩を売ってくれ。　羽の音のする一行でよいから
きみの歌集『鳥船』から盗る先生は　一行をほしいとたしかに言った
恋〈うた〉を売ってほしいと、影一つ倚りかかりながら消える横丁

恋〈うた〉を売る詩人たち。　横丁に小店をならべ、盗作でした
少年が買いたい詩だよ、そこにある。　「うしろの正面」から突き出され
きみの眼から消えるか。　冬空の窓に落下する船だ、鳥影《ちょうえい》
獄中である。　だれかが言い当てようとして「うしろの正面」を影がよぎった
ことば数、かぞえて、もう書けなくなっている〈うた〉だ。　後ろの通過
鳥船の名は〈後《ゆり》〉だったかも、ではなかったかもしれない終り
闇の夜の恋しいページ。　小説のゆめ、〈うた〉のゆめ、すべて幻
鳥船の名は　紙くずのなかにある。　書かれない詩の代わりとなるか
紙のくず、幾重かさねて、野火のあと。　燃えるわたしの歌稿をひろう

燃えがらのなかから浮かぶ文字の列。　火で書いたわたしの歌稿をひろう

鳥船の惨として、降る天空の窓より、みかま木となる〈うた〉の数
鳥船のかたち、張り裂ける寒の月。　修復できない裏面のページ
船材は　破片のなかに。　破片こそ　わたしの歌人。　うなだれている
地に枕詞の枕、偽書ひとつ。　歌人の求める一冊である
地に鳥の影低く来て崩れ去る。　白い炎の航跡をのこし
冷え冷えと今宵冷たい砂の国。　病室を出て、行くところなく
病棟の灯《ひ》の奥、燃えるページからページへわたる〈うた〉をかぞえて
数値さがることなき、きみの明くる年。　病棟に棲む魔ものらの〈うた〉
年占としての春駒に祈り込め、あなたは　この世が好き。　一緒にうたう
新繭《にいまゆ》の、緑の苔によこたわって春駒は　どこに！　翔る身体

身体の声は　新繭に恋してる！　わたしの歌人、５７５７７
上代の空を掠めるわたしです。　秘められて終るノート片から
いまひらく「うしろの正面」。　幻の少年の詩を売り出しました

いまひらく「うしろの正面」。　まぼろしに明かりの〈扉〉。　詩を売る小店《こみせ》

渋谷川　ひらく「うしろの正面」に誘い込まれる少年、ひとり

もう終る。　花壇をしまう。　白亜紀の墓を終りにする日のように

後ろ手に焼かれて終る悪の華。　きょうで花壇の歴史をしまう

後ろ戸がうち砕かれて、みかま木になるきみたちの仮面劇団

店名は「悪の華」、いつ咲くかしら。　きみの歌集の題名にする

もう降りてこない鳥船。　歌びとの冷暗室を〈うた〉で満たして

無季

流れつく海岸の句集は、
どこで生まれたの？
あかちゃん俳句。　投げ出された海岸で、
ほんだわらを食べ、
はすのはかしぱんに会い、
ふなむしのゲームで大騒ぎ。
あかちゃんの句集がすくすくと、
だんだん　社会派の詩の
様相を呈し、
子規と虚子とのあいだ、

ふたつのはしらに挟まれ、
無季はかなしいね。

季節が生まれる、
ぼくらの句集の若草に、
掛けぶとんを掛ける。
お寝み、春は終わるよ。
すや　すや　あかちゃん。
月の光も　はつかねずみも眠る。
夏草の　跳ねぶとん、
よそらのベッドのうえで、
跳ねる子ジカの一句。
それでも眠る枯れ草の敷きぶとん。
秋の野のかぎあなをあけて、
まだまだ足りない眠りです、お寝み。

あかちゃんの句集に、
やがてやって来る、
人生のあらなみ、たたかい。
幽鬼も　お墓も、
無季ではいられない、
くもんの五七五。
いなくなるともだち。
もう、海へ帰りたいね。
押し花を散らして、
句集をのこして、
さよなら　さよなら、
ぼくらを二度殺したのはだれ？

*
*
*

みどりの石

碧玉よ、さまよう明け方に見ると、
とても悲しくて、あせっちゃう。
みどりの石？　きっとそこいらで遊んでる、
古いことばだよ、みんなでいくつも拾おう、
たいせつにするとぼくは約束する。

わたしも拾う、あなたが寝ているすきに、
数じゃない、きれいじゃない、
でも、きたないわけでもない、
たいせつなあなたのために拾うよ、

遊んでいる砂場の中有に石を見つける。

冷えて、みどりがすりぬける、
うみのおもての浮き輪も寂しい、
だからと言って、いちにちが
くるりとまわる。　暗くなるから、
いちばんあなたが光るときだから。

どうか起きて、
こちらを向いてすわって。
群行のあとから、
砂がぱらぱら、そのときに、
見つからないみどりの小石、まだあせってる？

天の紙と風の筆――懐風藻

天の紙に、風の筆で、雲間の鶴をえがくこと！
山という機織り機械に、霜の杼《ひ》をかけて、
もみじの錦を織ること！　ああ自由に、
詩文をあやつることができるのならば！

金色のカラスは西の宿舎に臨もうとする、
つづみの音がはかない命をせき立てる、
よみじには客も主人もいない、たった独りで、
この夕べ、家を離れて向かう！

天紙風筆画雲鶴　山機霜杼織葉錦

（七言。述志。一首）

＊

金烏臨西舎　鼓声催短命

泉路無賓主　此夕離家向

（五言。臨終。一絶）

文法の夢

この世への、ちいさな恋うたの旅立ちは、
文末にけっして終助辞を置くことのない、
大きな文への、道なき道でしたね。
ない話法や、なかった承接を約束する、
夢の集成でもありました。　言触れに応えて、
無文字の視界へ寄稿してくれたのは、
あなたの原稿でした。　終りがよければ、
と係助辞は呼びかける、文中で。
あなたは求め続ける、文末を。
それでも係り結びは、結ぶことよりも大切な、

思いを託して文末を解き放つのです。
終止符のない物語文でしたが、私どもに、
ふさわしいと、きっと思います。

小声の語法

私は「拡声機」のかわりに小声にする機械を発明する。
あいつのさいごの小声を聴きたいから、小声の拡声機で聴く。
大きな声なんか要らない。　言葉の奥に耳を傾けたいから。
だれにも知らせず病室に遺したあいつの声を聴きたいから。

あいつは「訪ねて」くる、「拡声機」が呼びかける。　でも、
聴こえないね、小声の拡声機だから。　ぱらぱらと、
ばらまかれる暗い坑のなか、声の句読点。　句点を採集し、
読点を採集する。　未完了の状態で私は拾う。

古代人の洞窟を砂が文意に換えるみたいな、きらりと光り、
副詞が消える声の残骸に、それでも置かれる喚体の文法。
そのさきに聴こえる？　砂には混じる妄想の鍾乳洞や、
こぼたれた土器の切片に「言葉の奥」だけがぽとぽとと。

大きな声なんか要らない、言葉の奥に耳を傾けると、
あいつの文法が日本語のとぐろを巻いて、
蛇体と化して意識のくぼみに発生する。　半意識の、
焦点に、人称、自然称、動植物が集合するシンポジウム。

言葉は時間にさし込まれるから図示できないのです、と、
さびしく悲しげに笑う。　あいつはすべなき言語学者となり、
失語へ向かう。　すこし詩を書きましたと言う。　書いて、
言葉の奥をそっと閉ざす。　大きな声は要らないと言う。

南残の人々

フィールド・ワークの日に、「たいへいき」は荒れて、
それから泰平の世に向かう。　それはそうだけど、
その人は「なぜ、どうして」と問いながら、
南河内城をあとにする。　すでに戦乱は終り、
波の穂のような南残の人々も散っていった。
われらのフィールド・ワークの仲間が、
手に取る「じんのうしょうとうき」の、
日本古典文学大系を、よごれた国学と難じて、
「二度と読むな」とかれは言う。　わたしも、
そうだと思いながら、会えないままでいた時に、

声の限り、求めて得られない甦れた歴史を、
あと追いするかのような、最悪の現実が近づいて、
夕日とともにやってきた、南残の訃報である。
あざわらう、武者のあずき色の小便を分析して、
求めたような不眠の亡霊《もうりょう》で、生まれ継いだのは、
残狼の仔だったように思う、われら。
波の穂の南残の城をふたたびは見ず、
その人はまぼろしの、偽書の闇から噴き上げる、
純白の火を、いとしいもののように殺し続けていた。

京都

はくぎんの衣裳が踏みつぶしてゆくね、京都を。
能舞台から下ろして、着替える時のわたくしの涙。
八万四千字を書き込む祈り。
真言を集める徒歩の列もまた踏みつぶされる。
もう終る眼下の都市を見ています。
不意にその涙が湧いてくる一人の聖人です。
それから修行の日の奥の院の失敗。　浅瀬での禊ぎの手抜きに、
明けない護摩壇の暗部から、
未明というより、ほの明るくて朱塗りの地底です。
あけの桟橋が崩落する。　嵐山電車が大悲を乗せて走る。

三千の眼もまた祈る。
大文字の高度を斜面で受け止める経文。
比叡から吹き下ろす山風。　そこは小野の山風。
まちの幻影の旧い古代。　旧い怪異。
北山通に流れる読経はあなたのかげを思い出させる。
光背の灰があざやかな肌の匂いを立てましたよ。

猫語〔にゃ〕

猫さん、かわゆいね。〔にゃ〕
あれれ、「お世辞」かにゃ。
猫さん、あいらしいにゃ。
にゃにを望むかや。
装幀された猫を、遠くへ投げよ。〔にゃ〕
至近への遠投は　猫の丸ごと。
受苦の家、散華の後ろ戸。
縁切り寺は　戦時の濡れ縁（にゅれえん）。
猫さんを階下に埋めた。
村は　白地。　猫の沙。　警笛ののち。

旧版に猫さん、降りてきた灰。
若い美しい光合成で。
天上のおかあさまがあなたを生みました。〔にゃに〕
生ける光の語り物。　猫さまは　日だまりで。
わたしゃ生ける墓場の竹の下降の猩々さん。
けわい坂でお漏らしする猫じゃにゃい。
あれれ、蛙の手ににゃる、よこぶえに化けにゃ。
あにゃたのために、にゃにも　かも。
神やつの奏法で、琴板の全身がふるえる。
生きて！　全身をあげるから。
待って。　ゆかないで。　とまって、沙あらし。
にぇむりましょう、十八日の妹に会う。
十九日の姉に会う、こんちにゃわ！
おやしゅみ！　青春の切り通し坂。
ころげ落ちる。　またあぶな坂。
化粧して、にゃでおろす鬼の胸板。

かえでを散らす喉ぶえの琴。
終るまいよ、天上の猫さん。

記号論

がっこうのうしろはがけになっています。
わたくしたちは抵抗できなかったのです。
澄子がまっさきにがけから落ちていったのです。
よう子がそのあとを追うみたいにして、
ずるずる見えなくなりました。
ひろしは自分から落ちたみたいでした。
弓子とひろみとは手と手とを取りあって落ちました。
邦雄はそのばにたおれてうごきませんでした。
あとはだれが落ちたのかよくわからなくなりました。
けっきょく、全校で死亡が33名、負傷83名、逮捕者は42名でした。
お昼までに女生徒8名が釈放されました。
わたくしたちは未成年者ですから、
新聞ではみなAとかGとか、記号で呼ばれます。

汚職

「汚職で、逮捕されるまえに」と、
父は言いのこし、『詩集』を一冊、
家族の元に書き置いて、

きょう、帰らない旅に出ると言って、
それきり、帰ってきません。

新聞にはだれもが悪く言い立てるけれども、
私には汚職が、父ののこしたしごとなら、
非難をしにくいのです。

詩を書くことが、汚れたしごとなら、
汚れた言葉を『詩集』にまとめることが、
この世から見捨てられる人の、
さいごの証しなら、

怒りで汚れたこころを、
ぼくだって、うたうだろうと思います。

汚い言葉で、書いたらまとめたくなる。
それが汚職なら、
あなたはこころに従いました。

むずかしい時代になると、
けがれた手で書いて、
もっとだめにしました。

汚れた言葉を遠慮せよ、
だれもが父に言いました。

怒りで汚れたこころを、
ぼくはうたいますか。

（おとうさん、50年が経ちましたね。だめなぼくは50年、自粛に明け暮れてきました。）

徳

田を鋤いていた桀溺に、子路が尋ねる、

「渡し場はどこでしょうか」。

「あんたはだれかね」と桀溺。

「仲由という者です」。

「ああ、魯の孔丘のご一家かな」。

桀溺は言う、「あんたは、
人を避ける先生に就くより、
世を避ける先生に就いてみたらどうかね」。

ところで、道徳的実在論には、
正確さが求められるよな。

すきまのいっぱいある言語学が、
鳳《おおとり》になって羽ばたく。

鳳になって羽ばたくのは、
まったく、雑念による思考の哲学、
東洋の綻び。　孔子は嘆く、
「おれが鳥獣のなかまに、
なれるわけがないだろ」。

時に、わきを通り過ぎゆく隠士が歌う、
「鳳さん、鳳よ、
おまえの徳はどうして
だめになったの？」
孔子さまもすこし羽ばたいてほしいものです。

（『論語』微子篇より。）

*
*
*
*

理由（なぜ詩を書くのかと問われて）

世界の子どもをぜんぶ集めて、しかし一人だけ足りなくて、
伝説の扉をぜんぶ開け放して、しかしひとつだけ開かなくて。

そのようにして、やさしい手つきで探し求めて、
そのようにして、地上を終らせるみたいにして、その直前で。

彼女のからだはガラスをぜんぶ壊した球状で、しかし一箇所だけ、
心をのこして、そのようにして破片から、すこし書き直して。

さらに森にはいるようにして、しかしさいごの樹木いっぽんが、

彼女をそっと追い出して、そのようにして送るのこりの香りで。
ひとつだけ足りない、世界の詩集のさいごをあなたは書こうとして、
神さまならば、そのようにして去っていったのかもしれなくて。

ひとつだけ足りない世界の歌集が集める誠意や情熱や、
うたはそのようにして降りてくる、息がふりかかってくるのを待って。

詩集の題の究極のこちらがわ。　世界人類はぜんぶ平和で、しかし一部で、
平和が足りなくて、どんな作品がほしいのかと、あなたは尋ねて。

むこうがわの子が歩いてやってくる、扉に手をかけて、
むこうがわにいる声がして、しかしあなたは作品を手渡すことができないで。

作品を手渡すことができないで、かたちの成長にともなって、
それらはどこかにあって、しかし真上にひらいた天井のひっかききずで。

字は叫ぶ、ひっ―かき―きずが字になって、音便が言文一致のすきまで叫ぶ、
そのようにして発生する、無敬語地帯のまぎれる訛りで。

どこかで会うひとがぜんぶ平安でありますように。　しかしひとりの、
不安のためにあなたは書いて、今夜の反時計回りで。

現代語は病気である。　ああ、そうじゃなかったのかと思って、
そのようにしてだれもが書けなくなってゆき、回復するすべがなくて。

古語や死語からみると、あなたは可能性の塊。　あなた以外のぜんぶが、
狂歌に変わる現代性。　しかしながら一つだけ足りない見つからない語彙を探して。

詩集まであと一歩、同人雑誌の心意気。　ページ、レイアウト、思考の初版、
奥付、頌価、新年、旧年、時代への憤怒と祈り、次号への予告と激励。

新しい一冊がやってくる、漢字かな混じり文の靄をかきわけて、
見つかる誤植、見つからない瑕瑾、取り返しがつかないかもしれない表現。

物語するバクーニン

「わたしを起こすのはだれ？」　暗黒の下から、
その人はバクーニン。　虚無の黒い旗とは、
何だろう。　わたしを起こさないで。
深きより、深きへ睡りたい。　「だからこそ、
われわれは美をより美しく、しかも、
より普遍的にするために」と、
そう書いて、十年後の物語探求会をめざして、
それから、どこへゆこうとしていたか、
Mは深い睡りに落ちていった。

連合主義の弔意に青く刷られた敗北。
黒地なので読めなかったが、
時間は水の遺骸だと、
わたしは羊歯の紋章に書いて、
十年の眠りに就いた。

革命家の名前を「永久」から、
呼び起こすのはやめて。
「だれなの、わたしを起こすのは?」
いいえ、わたしは視認者、
わたしが見る時、時間は止まり、
枯れ葉が自分から腐って、
大地に埋もれる、その遅れる「瞬間」にだって、
わたしは望見する。　鬱林よ、
睡りから覚めた脳髄が、
光の嚢なのか、それとも、

神秘な勧誘なのか、
わたしに物語言語を与えよ。

わたしをさらって、
行く先は時効のないポストモダン、
一八六一年である。　あの人がシベリアを脱獄して、
百年かけて函館、横浜にやってくると、
正確に一九六一年である。
わたしは目を覚ます、
ここはどこか。

言語は過程だと、言ったT教授を、
わたしは撃った。　文章序説が教壇に倒れると、
入れ子型構造の冷暗室を封鎖する。
パリ・コンミューンがそこにあり、
わたしは視認する、風月のバリケード。

物語の探求が始まると、
夜明けの解除に、どうする？
年間テーマを超克する、
証しの「物語と和歌」。　作品論？
G物語でしょう？　島影を月下に見る。

やってきたのは、
K先生。　自由間接話法を、
ニュー・クリティシズムの第二波に載せて、
わたしの睡りが吹き飛んだのは、
それ以来なんだ。
字の手が伸びて書く、
古典文法の生き埋めから、
人称が霧散する物語。　内話文を、
日常生活で発話するならば、
あなたは憑依者になる、その違犯性。

わたしは憑依者から離れる、
さいごの物語のように。
そのあとはどうなるかだって？
古典なんか、なかったのです。
現代語だけがあったのです。

ものがたり〈霊語り〉

湧きいづる霊《もの》の栖《すみか》は　見えねども、このうつせみや
住みかなるらむ
（佐竹弥生）

霊がやってくる、杖を投げる、
ものがたりの夜。
うようよする霊にうちきを着せる、
蓑をとる、笠を脱ぐ、
笹の葉の包帯をする顔、手足、
声にならない小声。

われらの暗鬱なものがたりがやってくる、
戸口を叩け、戸びらを襲え、声がする。

ゆらゆらする入れもの、うつせみ、
藻が立ち上がる、詰めものにする綿、
脱け殻のなかみを探し尋ねる。

もののけが心の鬼なら、われらは鬼の栖だ、
ゆらゆらするとばりにかげ一つ、
浮かぶことばは「涙のつぼみ」、佐竹さんが言う。
かげに見えているわれらの飾り、
よそおい、足の鈴、きらきらするたまき、
どこから射してくる、夕陽のこうがい、
飾るわれらのからだは語るか、霊を。

「涙のつぼみ」を通る男を見ることがある、
ひとを行きわかれる男が佇む、
この辺りは鬼の栖、もう行くところがない、
男は鬼になる、もう行くところがないから。

黄色、黄色、たましいの色、
入れもののちいさなすきまにゆれる、
かがやく光を集めるつらい庭仕事、
男は手をやすめる、そのつらい庭仕事、
かいま見る姫の正体、舞台の暗転、
笠のしたの女は蛇だ。

ゆらゆらする玉垂れを打つ、だれか、
鱗をでられない女が舞台のかみ手にいる、
「ト書き」によればここから笠が、
生き生きする舞の手をひとつ、
ふたつ、みっつ、よっつ、いつつ、むっつ、
ななつ、やっつ、とびらを襲う鬼の声、
笠はかたちを脱ぎ、鱗の包帯をとる。

姫が秘める結婚の式、
結婚の座と、その聖なる意味と、
からだに刻まれる結婚と、たましいの結婚。

どこからきたのか、笠、
ドアをくぐる、ここに来る笠、
笠を脱ぐ旅人が暖をとる、色塗りの笠、
みどり色の灰が色を脱ぐ横座、
杖を取り出す、笠のしたから、
昼は日のことごと、
夜は夜のことごと、
笠が横たわる、ここはさいごの座。

おもかげは身を離れない、
鬼だと知ってどうなるものでもない、
どうして離れなければならないことがあろう。

やまざくらが咲いて散る、心を花のもとに、
捨てる。　身も心もとろける、そうだ、
ここは鬼の栖。

鬼の栖にうつせみがのこる、見えない住みか、
「涙のつぼみ」はもう帰らない、
ものがたりがくずれる、ががら、
このうつせみは、ついの栖。

蔓の詩篇

（盆踊り唄）
燃ゆる盆の火、たれもおらない広場に燃ゆる、
絶えて聴かれぬ貝を吹く。　無い足が揃う、ひとつは素足。
顔の無い男が「そろた」と言うに、唄の火をさらに継ぐ、群青の、
人々や、あんした手おどりにこんかいさま（狐）がいちれつで呼ぶ。

　指が見ゆるか　はしらのうえ、
　つめのあとからや　咲かす竹

雲間から呼ぶ、わらし　わらし。　わらしが浮かぶ。　あれらは、

古き「枝」よ。　竹槍のさきに、火をしたたらし、めいじの昔、
三千の提灯はにつろ〈日ロ〉せんそうに凱旋なされた、兄さまらの、
憑けて来られし骨の果てよ、子役にもどる。　提灯行列はかたきらの、
首ら。　「枝」は批《ひし》いでかわやに投げ棄てる、かたきの手足ら。
晒し頭を抱いてわたしも沈む、と姉ごの告らす。

（放生の池で）
葛の花の色濡れて、また光る。　弟よ、姉さんは、ねえ、
おまえさんに会いに来たと、声が告ぐる。
草葉のかげをむらさきみどりに染めて、疵のあとを探す、
銃剣をよけきれんかったという話、下腹部のあとを膿ましてな、
夜じゅうころがりながら、この放生の池にな、生まれたん。
ちがう、軍用機が落ちたん。　言うたらあかぬ、
無縁や、（そのなかにおまえさんはいたに違いない。）念仏を唱えて、

河竹ながれ　石や　そわか

おもたかろうと唄いましょ　なん

名も知らない軍人さんにお経を上げる。　法名もあらぬ、
トンネル口《ぐち》いうて、そこに事故があったんとちゃうか、言うことにして、
ふしだんせっきょう〈節談説経〉の一節を上げる。　見てみ、
亡霊《もうりょう》の浮かばす。　黒焦げの地下の人、弟よ、
かたきもない、ひとつや。　おまえはかたきのかたきや。

（りん〈母〉の祈り）
お国が敗れて、それでもよいから生きて帰れ。　善見さんの申し子を、
うちは産みました、おまえのこと。　国は敗れて、
新憲法を先生のことほぐ今年、聴いてくれ。　土手には、
行き倒れのひとが西から西から流れてきた、かわいそうにとうちらは思う。
大きな爆撃で、耳もただれる焼け跡で聴く、聴いてくれ、
野良の小屋がけに、念仏が漏れる、修行者たちの集団、
うしなうた子よ、ひとがたの横顔をあさひに晒して、

さあ、帰ろうか　帰るまいか、「帰る」と決めてこちらを向いてくれ。

（姫ごぜが）
はしらを抱いて沈む。　物語のさびしさの終りに、
善見さんの見そなわす。　そこがサワリや、
声づくりの張りを吹きっさらしのたのごい〈てぬぐい〉に、
痰で吐く「葛の葉」の一世一代や、もう語るまい。
琵琶は伝える蓬莱曲ののち。　母は「生きて帰れ」と言い、
絃を断つ。　善見の墓原に火が見える、またしても、
死なぬというて軍人さんの、何人も闇に浮かばしてな。
むすめっこが、それの一人に憑かれてよ、
池のうえを歩く。　さいごの村の日——

むすめ　十四、五　水にうつす
はごろもや　脱ぎ何をしよとてか

〈神子〈かみこ〉の唄〉
あねさまや、と姫ごぜが言う、——あのむすめっこである。
わたしは三度、ふかつするだろう、慍《いか》りに三度があるならば、
もう慍りはせぬ。　はしらを抱く指から融けて盆の火の、
生まるるという村の伝えや。　集まらしたおおぜいが、
聴いてくれもしたわたしの唄、やまぶしの貝、足が揃うて、〈素足をかさねる、
山はやしの陰。〉　唄の火をさらに継ぐに、みな人　群青とならした。
あんした手おどりをこんかいさま〈狐〉がいちれつとなり、
雲間から降りてくる、わらしよ　女《め》わらし。　ぞう木《ぼく》の、

そろた　そろたや　いちれつによ
盆があけれゃの　あかれのとき

枝は払え、槍穂にしたたらす油火はにつろ〈日ロ〉の昔よ、
いまや流れる指でこする琵琶の腹、巣をくうわたしの執《しゅう》になり、
生まれるか、ねずみの子がおまえであることをだれが知る。　三匹が、

音《ね》に落ちる。　軍用秘を飛ばした工廠のうえ、帝国を攻撃する、
幼時から震いたつあんたの弟はんや。　子役にもどる。
晒し頭を抱いてわたしも沈むと姉ごの告らす。　わしには聴かれるねん。

あとがきに代え

　この詩集『よく聞きなさい、すぐにここを出るのです。』には、いくつかの、神話に近づけたり、語り手を設定したりして、現代が仕掛けてくるむずかしい問題に向けて、何とか私なりに答えを出そうと、右往左往している自分が棲んでいるように見える。貧しい答案の束がここに提出されているかもしれない。

「むずかしい」とは、特にこの十年ほどにはいってきて、現代詩に向き合う正直な感想として、いったい自分は何をしようとしているのか、足掻《あが》くばかりで時間が経過する。

〈歌う詩〉に対して、『荒地』の詩人、鮎川信夫は、批判的なスタンスをくずさないものの、否定的であるはずもなくて、〈たしかヴアレリイだったとおもうが、抒情詩《リリック》とは感嘆詞の連続だというようなことを言っていたね。「歌う詩」は、結局そういうことになるだろう〉（『抒情詩のためのノート』疋田寛吉との共著、一九五七）と、「戦後詩」時代のさなかに述べていた。〈これと同じような言い方をすれば、「考える詩」は、疑問詞の連続だと言えそうだな〉とも、氏は付け加えることを忘れない。

　鮎川さんらしいなと思うのは、吉本隆明の詩論から、〈抒情詩〉はどのように区分されるかと問うて、以下のようにも趣旨を喚起する。〈「日本の現代詩史論をどうかくか」

（一九五四）のなかで、吉本は〈抒情詩型、意識詩型、民俗詩型〉というふうに区分けしている〉、と。
この分類は、私のなかで用語のみが、氏を離れて一人歩きし、〈抒情、意識、民俗〉という、特に〈民俗〉詩という提唱は、いまでも重要だと思う。一九五三年度の代表作品七十三編（一九五四年版『詩学年鑑』）を氏は分類して、
抒情詩型　五一
意識詩型　一八
民俗詩型　四
とする。自分は「詩《うた》う」抒情詩の担い手であることに不満を持たないものの、もうすこし、その陰に隠れてきた、〈叙事うた〉と命名すればよいか、〈意識〉とりわけ〈民俗〉詩に立ち止まりたかった。本詩集は意図して物語性のある作を多くえらんだようで、以下にところどころ、初出ノートを掲げる。
「火　三篇」の「よく聞きなさい、すぐにここを出るのです。……」の原型は『三田文学』二〇一八・二（冬季号）の発表で、分解して「隣国に走り火さすな」と「小さな火」とを派生する。
「金メダルをメキシコ湾の湖へ沈める」は『感情』Ⅱ6（一九九五・八）に発し、〈水牛のように〉サイト（二〇二一・三）へ書き直す。民俗ならぬ架空の〈民族〉。
「叙事詩と民族との関係」も、どうしておなじミンゾク（民俗、民族）と言うのだろうか、

日本語のこういう交錯にテーマが身を潜める。『感情』2（一九九四・七）から『詩客』（二〇二一・三）へと書き改める。

「神の誘い子（物語の始まり）」のゴッタンは鹿児島県から沖縄圏にかけての琴。以下、発表の多くは〈水牛のように〉サイトで、毎月初めごとに書き続けた。

「糸の遊び」は絃楽器の奏者、「糸」のグループを主催する高田和子を思い起こす詩で、詩誌『ミて』（二〇一七・夏）の特集に草稿を寄せる。

自然金や自然水銀は自然界にあっても、自然錫は存在できるのか、「錫の歌」はそんな興味からなる。

「桃原さんの石」のアンガーは復帰すこしまえの高等弁務官。

「あなたは――むやみやたらに咲き続く」の〈あなた〉は短歌を作り始めた十四歳というところ。『万葉集』が主想なので、また短歌を呼び出すために、現代語とのぶつかり具合で古語が出てくるのは仕方がない。「もとな」は「本無《もとな》」で、〈根拠もなく、わけも知らずに、むやみやたらに〉。

一方、「学校、後ろ戸、短歌」は、学校社会で作らせる短歌というモチーフで、57577、六十行からなり、短歌形式であっても〈現代詩〉のつもり（『現代詩手帖』二〇二一・一）。

一転して「無季」は俳句というモチーフに借りる。『望星』二〇一八・六から。「みどりの石」以下も多く〈水牛のように〉サイト。

「天の紙と風の筆」は奈良時代の漢詩集『懐風藻』から翻訳詩を試みて、大津皇子の作だけがのこった。

「文法の夢」は一物語研究者への追悼詩。物語文の文末について、実らせるのがむずかしかった研究で、でも不満よりは大きな、取り組んだ証しをいろいろ遺してくれた。

「南残の人々」の「南残」は南朝の人々というような意味合いでよく、太平記に借りるものの、虚構をなす。

「猫語〔にゃ〕」は『源氏物語』に猫語の歌がある（「恋ひわぶる人のかたみと、手にゃらせば、にゃれ（汝）よ、にゃにゃに（何）とて、にゃく（鳴く）にゃ（音《ね》）にゃるらん」〈若菜下巻〉）。

「物語するバクーニン」（『現代詩手帖』二〇二一・五）は、物語に取り組んでいたM（三谷邦明）が学生時代に書いたバクーニン論（一九六一）を利用する。アナキズムから物語研究へという構図を描いてみた。Tは国語学者の時枝誠記、Kは国文学者の小西甚一。

「ものがたり〈霊語り〉」はローマ字表記の「Mono-gatari」（『大切なものを収める家』一九九二）をかな書きに起こしてみた。鳥取の歌人、佐竹弥生の短歌に拠った。

「蔓の詩篇」は〈詩篇〉を名のるものの、物語ないし新奇な叙事詩のたぐいかもしれない。架空の方言、架空の地方から成る（『現代詩手帖』二〇二〇・一）。

編集部、髙木真史さん苦心の造本、中島浩さんの装幀からなる。〈水牛のように〉サイトの各位を始めとして、現代詩の仲間や歌人に心からの謝意を。

よく聞《き》きなさい、すぐにここを出《で》るのです。

著者　藤井《ふじい》貞和《さだかず》

発行者　小田久郎

発行所　株式会社思潮社

〒一六二－〇八四二　東京都新宿区市谷砂土原町三－十五

電話〇三（五八〇五）七五〇一（営業）

〇三（三二六七）八一四一（編集）

印刷・製本　創栄図書印刷株式会社

発行日　二〇二二年七月三十一日